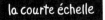

Denis Côté

Denis Côté est un maître de la littérature fantastique et ses fans lisent avec passion chacun de ses romans. Denis Côté est né le 1er janvier 1954 à Québec, où il vit toujours. Diplômé en littérature, il a exercé plusieurs métiers avant de devenir écrivain à plein temps.

Denis Côté a reçu de nombreux prix au cours de sa carrière, dont le Prix du Conseil des Arts, le Grand Prix de la science-fiction et du fantastique québécois, le prix du livre M. Christie, le Prix du rayonnement international du Conseil de la Culture de Québec, le Coup de Coeur Communication-Jeunesse de l'écrivain le plus aimé. Le Grand Prix Brive/Montréal du livre pour adolescents a couronné l'ensemble de son oeuvre. De plus, Denis Côté a obtenu à deux reprises le premier prix des clubs de lecture Livromagie.

Dans la collection Roman Jeunesse, trois de ses romans ont été adaptés pour la série télévisée *Les aventures de la courte échelle*. Plusieurs de ses livres ont été traduits en anglais, en chinois, en danois, en espagnol, en italien et en néerlandais.

Stéphane Poulin

Ici comme à l'étranger, les illustrations de Stéphane Poulin sont très appréciées. Au cours de sa carrière, il a accumulé une liste impressionnante d'honneurs, dont le Prix du Gouverneur général qu'il a obtenu à trois reprises depuis 1990.

À part son travail qui le passionne, il aime beaucoup la musique et les vieux vélos sans vitesses. D'ailleurs, il n'a pas de voiture et, hiver comme été, il se promène sur sa bicyclette qui date de 1937.

À la courte échelle, en plus d'illustrer la série Maxime de Denis Côté, Stéphane Poulin a fait les illustrations de l'album *Un petit garçon qui avait peur de tout et de rien* de Stanley Péan, dans la série Il était une fois.

Denis Côté

LA FORÊT AUX MILLE ET UN PÉRILS

ET UN PÉRILS

Tome III

Illustrations
de Stéphane Poulin

la courte échelle

Les éditions de la courte échelle inc.
5243, boul. Saint-Laurent
Montréal (Québec) H2T 1S4

Direction littéraire et artistique:
Annie Langlois

Révision:
Céline Vangheluwe

Conception graphique de la couverture:
Elastik

Mise en pages:
Sara Dagenais

Conception graphique de l'intérieur:
Derome design inc.

Dépôt légal, 1er trimestre 2006
Bibliothèque nationale du Québec

La courte échelle reconnaît l'aide financière du gouvernement du
Canada par l'entremise du Programme d'aide au développement de
l'industrie de l'édition pour ses activités d'édition. La courte échelle est
aussi inscrite au programme de subvention globale du Conseil des Arts
du Canada et reçoit l'appui du gouvernement du Québec par
l'intermédiaire de la SODEC.

La courte échelle bénéficie également du Programme de crédit d'impôt
pour l'édition de livres — Gestion SODEC — du gouvernement du
Québec.

*Denis Côté remercie le Conseil des arts et des lettres du Québec
de son appui financier.*

Catalogage avant publication de Bibliothèque et Archives Canada

Côté, Denis

    La forêt aux mille et un périls

    (Roman Jeunesse ; RJ 127, 132, 141)
    Pour enfants.

    ISBN 2-89021-647-0 (v. 1)
    ISBN 2-89021-696-9 (v. 2)
    ISBN 2-89021-842-2 (v. 3)

    I. Poulin, Stéphane. II. Titre. III. Collection: Roman Jeunesse;
    127, 132, 141.

PS8555.O767F67 2003   jC843'.54   C2003-940867-1
PS9555.O767F67 2003

Imprimé au Canada

Prologue

Le cercle remplissait son champ de vision.

Un cercle noir. Brouillé.

Il tournoyait comme une roulette de casino.

Soudain, tout s'arrêta et un dessin se précisa à l'intérieur: une étoile à cinq branches, avec, en son centre, une araignée.

Non, Maxime se trompait. C'était une croix gammée, emblème du nazisme, symbole d'Adolf Hitler!

Mais le cercle s'éloignait déjà, rapetissait, épousait une nouvelle forme.

Celle d'un oeil.

Unique.

Une face apparaissait alentour, indistincte, presque invisible.

L'oeil, par contre, était bien net. Il scrutait le garçon, devenu la cible de toute son attention, de sa colère et de sa haine. Un

désir de meurtre incendiait sa prunelle.

Malgré sa peur, Maxime ne songea pas à s'enfuir.

Et le combat débuta. Fracas du métal contre le métal. De l'Épée d'Héroïsme contre la peau d'or du monstre.

Depuis que la Forêt aux Mille et Un Périls l'avait englouti, Maxime ne s'était jamais battu avec autant de fureur. Les chocs retentissaient dans ses oreilles, se répercutaient le long de ses bras. La sueur trempait ses vêtements. Son souffle s'accélérait.

L'adversaire, lui, ne montrait aucune défaillance. Il avançait avec obstination, pas après pas, obligeant le garçon à reculer sans cesse. Un temps viendrait où le repli serait impossible et alors le géant le réduirait en bouillie d'un seul geste.

Sans raison apparente, le colosse écarta les mâchoires. De sa gueule grande ouverte, un son jaillit, étonnant cri de révolte et de souffrance.

Maxime leva l'Épée au-dessus de sa tête.

Le cri du monstre *s'épaissit, prit une consistance, déferla sur lui en une cascade brûlante.*

La douleur était ABOMINABLE! Maxime sentit les cloques se soulever partout sur son corps, la peau se détacher par croûtes.

Il entendait sa propre voix qui HURLAIT, HURLAIT, HURLAIT, HURLAIT...

Chapitre I
L'hydre

Maxime s'éveilla en sursaut.

Le feu de bois était mort. Les ténèbres enserraient le campement. Quelque part à sa droite, don Quichotte ronflait. Rossinante, endormi sans doute, ne faisait aucun bruit.

Un cauchemar. Un simple rêve, et pourtant la peur demeurait.

La peur... L'avait-elle seulement quitté une seconde depuis le début de son aventure?

Pas vraiment. La Forêt aux Mille et Un Périls était pareille à un avare aux doigts crochus. Elle ne prodiguait jamais le moindre réconfort. Nulle part on n'y trouvait un abri contre les menaces, les dangers, les maléfices qui y régnaient.

Maxime tâtonna dans l'herbe à la recherche de son Épée. Un soupir de soulagement lui échappa. Elle ne s'était pas envolée, ne l'avait pas abandonné. La lame lui semblait tiède sous ses doigts engourdis.

L'Épée d'Héroïsme! Celle qui avait appartenu à Charlemagne, au roi Arthur, à Roland, à tant de héros légendaires!

Pourquoi se trouvait-elle maintenant en sa possession? Pour quel motif l'avait-elle choisi, lui? Qu'avait-il fait pour la mériter?

En l'arrachant à la pierre, quelques heures plus tôt, il avait senti que l'arme était vivante, qu'elle avait même une conscience!

Une puanteur atroce le sortit de ses pensées. Il fouilla l'obscurité du regard, sans rien y voir. Cependant, le miasme se rapprochait, insupportable. On aurait dit que les arbres des environs, les feuilles, la terre elle-même avaient pourri subitement.

Il se redressa, l'Épée à la main, respirant le moins possible. Des étourdissements le saisirent. Ses yeux s'emplirent de larmes.

Il détecta enfin quelque chose. Était-ce une illusion? Les ténèbres, en face de lui, étaient constellées d'une infinité de points rouges, ardents comme des lucioles.

L'épouvante le pétrifia. Qui cela pouvait-il être, sinon les vampires, les compagnons de Robin des Bois? Ils avaient suivi les traces de Maxime et de ses amis. Maintenant, ils étaient là! Affamés! Avec une seule envie: boire leur sang jusqu'à la dernière goutte!

Se jetant au sol, il chercha à tâtons don Quichotte et le secoua. Le vieillard, fourbu, n'eut aucune réaction. Toutefois, Rossinante hennit, avant de s'exclamer:

— Dieu des écuries! Sommes-nous dans des latrines ou est-ce l'haleine du Diable qui assaille mes naseaux?

Le cheval aperçut les yeux rouges et poussa un cri.

Maxime réalisa que les points scintillaient *à quelques mètres au-dessus du sol*. Or, même les vampires n'étaient pas assez grands pour que leurs yeux se situent à une telle hauteur.

Avec un synchronisme extraordinaire, les intrus firent un pas vers lui, puis un second. Une énorme silhouette se détacha de l'obscurité tandis que retentissait un hurlement d'apocalypse.

Il n'y avait qu'un visiteur: un animal, une sorte de dragon aux pattes longues et musclées. Son dos arrondi était prolongé par une queue épaisse, sans cesse en mouvement, qui évoquait un serpent gigantesque.

Mais le plus remarquable, c'était la tête du monstre. *Ses têtes*, plutôt, puisqu'il en possédait *une cinquantaine*, chacune ayant son propre cou, chacune différente des autres.

Têtes de lion, de grizzly, de loup, de requin. Têtes d'insectes géants. Têtes ne ressemblant à rien de connu.

Par surcroît, ce vivant musée des horreurs émettait cinquante cris distincts, du rugissement au feulement, du grognement au sifflement. Ces sons confondus produisaient une cacophonie d'enfer.

— C'est effroyable! gémit Rossinante, qui s'était rapproché de Maxime. Je t'en prie, assomme-moi! La peur disparaît quand on est évanoui!

Ses réflexes réduits à néant, le garçon examinait l'horrible animal. L'obscurité ne l'empêchait nullement d'en observer tous les détails.

L'obscurité? Mais non, la créature baignait dans la lumière!

Puis il comprit. Dès l'apparition du

visiteur, il avait brandi son Épée. Celle-ci s'était illuminée, comme si un soleil invisible se reflétait sur la lame. Le pommeau étincelait. Les joyaux de la garde répandaient un éclat aveuglant.

En serrant l'arme dans sa main, Maxime sentait une chaleur qui s'immisçait dans son corps tout entier.

— L'hydre! s'exclama une voix derrière lui.

Éveillé par l'ouragan sonore, don Quichotte essayait de se mettre debout.

— Vous connaissez cette chose? demanda Maxime assez fort pour couvrir les hurlements de la bête.

— L'hydre est la créature la plus malfaisante, la plus redoutable des mondes connus et inconnus! Nous sommes perdus, Maxime!

Une tête de panthère, tous crocs dehors, se jeta sur le garçon. Celui-ci échappa à la morsure en bondissant de côté.

— L'esquive ne te mènera à rien! lui cria son compagnon. Tu dois passer à l'offensive!

— Oui, tue-la! renchérit Rossinante. Des bêtes aussi laides, ça fait honte au règne animal!

Des mâchoires de crocodile claquèrent devant le nez de Maxime. Presque en même temps, les pinces buccales d'une fourmi géante se refermèrent sur sa jambe. Il tira pour se dégager. Résultat: les mandibules entrèrent plus profondément dans sa chair.

— Passe à l'offensive! insistait le chevalier.

Usant de l'Épée comme d'une faux, l'enfant frappa le cou qui supportait la tête d'insecte. Celle-ci s'envola dans un éclaboussement de sang, roula sur le sol et alla se perdre dans les fourrés.

Maxime était ébahi. Avec quelle facilité avait-il tranché cette colonne de muscles et d'os! La peur le quitta. Il lui semblait que la lumière de l'Épée le nourrissait d'une énergie surnaturelle.

Mais ce sentiment de puissance s'éteignit aussitôt. La tête qu'il venait de faucher était en train de réapparaître! Elle *repoussait* à une vitesse stupéfiante! Et, comme si ce phénomène ne suffisait pas, une copie identique grandissait à côté d'elle!

— Tu n'as pas la berlue, confirma don Quichotte. Lorsqu'on tranche une tête de l'hydre, deux autres identiques la remplacent.

Maxime était découragé. Ainsi, chaque gain contre cette bête se changeait automatiquement en un double échec!

Le bec d'un aigle écorcha son épaule. En tentant de riposter, l'enfant perdit l'équilibre, tomba, puis se releva en vitesse.

De seconde en seconde, l'hydre se faisait plus agressive. Ses têtes attaquaient maintenant par deux, sinon par trois.

Maxime évita les mâchoires d'un ours et celles d'une hyène. Il repoussa les assauts conjugués d'un python, d'un vautour et d'un étrange animal à cornes.

Son instinct lui ordonna de se remettre à frapper. Les dents et les becs éclatèrent, les faces se déchirèrent, les crânes explosèrent. Des flots de lumière déferlaient à chacun de ses coups, donnant l'illusion qu'un incendie s'était allumé sur le lieu du combat.

Don Quichotte trépignait, agitait les bras, hurlait, cherchant à attirer l'attention de Maxime.

— Pas celles-là! criait le vieillard. L'hydre possède *une seule tête qui ne repousse pas*! Si tu réussis à la couper, la créature sera vaincue!

— Qu'est-ce que vous racontez?

— La vérité, Maxime. Le malheur, c'est que j'ignore de quelle tête il s'agit!

Le garçon continua à se battre avec acharnement. Au bout d'un moment, il remarqua une face d'un genre particulier.

C'était un *visage*, plus exactement. Une figure *humaine*. Il discerna les traits d'un homme de quarante ans environ. Au front dégarni. Aux yeux cerclés d'épaisses lunettes.

Maxime tressaillit, recula, baissa son arme.

Ce visage! Ces lunettes! Oh non!

— PAPA!

C'était son père, en effet. C'était Hugo, cet homme bon, doux et généreux, qu'il aimait au point d'en souffrir parfois, à qui il pensait sans cesse depuis son entrée dans la forêt.

Une haine bestiale tordait la face de ce père qui le regardait d'habitude avec amour. La rage déformait sa bouche. La démence enflammait ses yeux.

Il se tourna de façon à montrer la partie arrière de son crâne.

Cette fois, Maxime ne put retenir un cri de surprise, de dégoût, de tristesse, d'indignation.

Là où auraient dû se trouver les cheveux de Hugo, il y avait un second visage.

Celui de Prune, la mère de Maxime.

Dénaturé lui aussi par une effroyable grimace de méchanceté.

Chapitre II
La singulière
double face

Privé de ses parents depuis des jours, Maxime avait pleuré leur absence et leur avait même adressé des prières en secret. Et voilà qu'ils lui revenaient enragés, enlaidis, frappés d'une sorte de folie démoniaque.

Son désespoir était tel qu'il avait envie de se jeter par terre, de se griffer le visage avec les ongles, de crier jusqu'à ce que sa tête éclate. Il sentait son désir de vivre, son âme, sa vie même jaillir hors de lui comme le sang d'une blessure.

— Cette singulière double face! lui dit don Quichotte. Ne serait-ce pas elle que tu dois trancher?

Maxime le savait, bien sûr.

— Prête-moi ton arme! ordonna le vieillard. Quand l'ardeur de l'écuyer diminue, celle du chevalier doit grandir!

Une vive douleur sortit l'enfant de sa léthargie: la langue fourchue d'un reptile lui avait lacéré le front. Levant son Épée afin de se protéger, il recula d'un pas. L'animal en profita pour fondre sur don Quichotte et lui planter sa langue en pleine poitrine.

La tête du reptile se redressa, soulevant du même coup le vieil homme dans les airs.

— Fais quelque chose, Maxime! supplia Rossinante.

Le garçon abattit son arme sur le cou musculeux. La tête s'en détacha tandis que le chevalier s'écrasait sur le sol.

— Mon maître! gémit le cheval. Mon maître est mort, occis, trépassé!

Maxime poussa un cri de colère. Un besoin de vengeance, aussi brûlant que la lave en fusion, enflamma son cerveau.

Il se battit furieusement, fauchant toutes les têtes qui se trouvaient à sa portée. Quand la double face de ses parents se montra de nouveau, il lui sembla alors que le temps s'arrêtait.

Hugo ricanait. Prune l'insultait dans une langue inconnue.

Il serra la poignée de l'Épée, ferma les paupières et frappa.

Les hurlements de l'hydre s'évanouirent. Une masse énorme s'effondra.

Il ouvrit les yeux.

La tête de ses parents tressautait à ses pieds. Du cou sectionné, le sang giclait à gros bouillons et éclaboussait ses jambes. Le visage de Prune exprimait une souffrance abominable, la bouche de Hugo s'ouvrait et se fermait comme sous l'effet de l'asphyxie.

La danse de mort ne s'arrêtait pas. Sans trêve, la double face bondissait, retombait, roulait dans l'herbe, bondissait encore...

— Enterre-la, dit soudain don Quichotte.

L'enfant sursauta. Debout à sa droite, le vieillard — vivant! — l'observait avec gravité.

— La langue du reptile a seulement percé ma cuirasse, expliqua-t-il en se touchant la poitrine. Par une chance inouïe, mon corps fut épargné. Maintenant, enterre cette abjection afin que tout soit accompli.

Maxime s'aperçut alors que l'ignoble tête avait cessé de bouger.

Il frissonna. Il avait lâché son Épée sans s'en rendre compte, perdant ainsi le contact de sa chaleur. La sueur refroidissait sur sa peau.

Le cadavre de l'hydre remplissait la clairière. Des têtes sanglantes étaient disséminées un peu partout. Par dizaines, les yeux morts fixaient le garçon avec un air de reproche.

La terre était dure sous ses doigts. L'esprit vide, Maxime y planta les ongles et creusa.

***

Brisé de fatigue, l'enfant attendait le sommeil et l'oubli.

Verser des larmes aurait atténué sa douleur, mais les pleurs ne venaient pas.

La main rugueuse du vieillard caressait lentement son front.

D'étranges questions se bousculaient en lui...

Jadis, à quoi ressemblaient les parents de don Quichotte? Avaient-ils aimé leur fils? Leur fils les avait-il aimés? Qu'éprouvait-il pour eux, maintenant qu'ils étaient morts?

Une question surtout le tourmentait...

À quel moment de sa vie don Quichotte était-il devenu un homme?

***

Dans la Forêt aux Mille et Un Périls, une pénombre verte distinguait le jour de la nuit. Cette aube blafarde commençait à poindre quand Maxime se réveilla.

Don Quichotte examinait l'endroit où la double tête avait été enfouie. L'enfant s'approcha et crut découvrir qu'une plante y avait poussé.

— Ce n'est pas une plante, corrigea le vieil homme.

De la taille d'un gros crayon, la pousse avait plutôt l'aspect d'un tube grisâtre.

Le chevalier cueillit l'objet et le porta à la hauteur de ses yeux.

— J'ai beau fouiller au plus profond de mes connaissances, cette chose persiste à m'opposer son mystère.

— Regardez ce signe à l'extrémité du tube! fit le garçon.

Une croix gammée au milieu d'une étoile! Le cercle tournoyant de son cauchemar renfermait le même dessin!

Des yeux il chercha l'Épée couchée dans l'herbe. Il observa l'arme avec intensité, l'interrogeant en silence.

— Ce tube est important, décida-t-il.

Il le prit des mains de don Quichotte et le glissa à l'intérieur de sa poche.

Normalement, on aurait dû entendre des centaines de mouches bourdonnant autour du cadavre de l'hydre. Mais ici, tout était silencieux.

***

Sachant que Maxime devait reprendre des forces, Rossinante avait accepté de servir encore une fois de monture à ses deux compagnons.

Il y avait un moment que la piste n'avançait plus en ligne droite. Elle ondulait, bifurquant à gauche, à droite, accomplissant des boucles inutiles.

En outre, elle ne cessait de monter, ce qui entraînait une modification constante du décor. Les cèdres, sapins et épinettes succédaient aux feuillus qui avaient composé le gros de la végétation à un niveau plus bas.

Plus Maxime et ses amis grimpaient, plus il leur devenait difficile de s'orienter. Une brume les enveloppait, s'épaississant au fur et à mesure et occultant ainsi le paysage.

Un cliquetis éveilla la curiosité du garçon. Puis il s'aperçut que le cheval tremblait.

— Qu'est-ce qui t'arrive, Rossinante?

— Cette question! Quand j'ai froid, je tremble!

— Je grelotte moi aussi, ajouta don Quichotte. N'entends-tu pas cliqueter mon armure? Bientôt, le froid étouffera la vaillance de mon coeur.

Maxime n'éprouvait aucun inconfort de cette sorte. Le Chevalier à la Triste Figure, assis en avant, se tordit le cou pour l'observer.

— Voici l'explication! dit-il en désignant l'Épée que l'enfant tenait à la main. Cette arme te garde au chaud. Elle te réchauffera tant que ton corps sera en contact avec elle.

— Il y en a des chanceux! ironisa Rossinante.

Confus, le garçon s'excusa comme s'il avait commis une faute. Il s'empressa de toucher le vieillard avec l'Épée.

— La chaleur! soupira celui-ci en fermant les yeux de bien-être. Ô toi, écuyer loyal, ami fidèle, compagnon d'infortune et combattant inégalé, je te dois dès maintenant une reconnaissance éternelle!

— Joliment tourné, mon maître, bougonna Rossinante. Mais ça serait mieux si vous y ajoutiez un petit mot pour moi!

Maxime disposa son arme de façon qu'elle soit en contact avec chacun d'eux en même temps.

— Que c'est bon! s'ébroua la monture. On aura beau dire, rien ne vaut la magie quand elle est utilisée à bon escient!

L'humeur de don Quichotte s'était déjà assombrie.

— Nous ne sommes pas au bout de nos peines! dit-il. Plus nous montons, et plus la température baisse. L'Épée nous protégera-t-elle encore longtemps? Je crains que le froid ne devienne insupportable et ne nous empêche d'achever notre tâche.

Des cristaux blancs parsemaient les branches les plus hautes. Peu après, des plaques de glace apparurent sur le sentier. Vinrent ensuite les premiers amas de neige.

Quand Maxime avait quitté son univers d'origine, l'été resplendissait. À présent, il lui fallait affronter l'hiver. S'il existait un ennemi auquel ses compagnons et lui ne s'attendaient pas, c'était bien celui-là.

En guise d'expérience, il leva son bras droit, rompant ainsi le contact avec son arme magique. Un froid insoutenable le transperça et il reposa vite la main sur son arme.

Le test était concluant. S'ils perdaient l'Épée d'Héroïsme, la mort les emporterait en quelques minutes.

Rossinante montra bientôt des signes de fatigue et don Quichotte lui accorda une demi-heure de repos. On reprit ensuite l'ascension, à pied cette fois, marchant tout près l'un de l'autre pour partager la chaleur de l'Épée.

Puis le sentier retrouva peu à peu une trajectoire rectiligne. Des déchirures dans le brouillard révélèrent la présence de parois de chaque côté de la piste.

— Nous sommes dans un défilé! conclut don Quichotte avec mauvaise humeur. Pour nous tendre une embuscade, on ne pourrait rêver d'un meilleur endroit! En plus, cette brume fait de nous des aveugles!

Il regarda ses compagnons avant de déclarer:

— Bipède ou quadrupède, je vous aime tous les deux également. Voilà pourquoi je me vois contraint de vous inciter à une prudence accrue. Malgré le courage et la détermination qui sont nôtres, il n'est pas impossible que les oracles aient prévu notre trépas. Or, si jamais nous devons mourir, cela se produira ici, au fond de cette gorge!

Et le trio reprit sa route, tous les sens en alerte.

Le brouillard se resserrait. Des nappes stagnantes empêchaient de voir où l'on posait les pieds.

La neige se mit à tomber, se confondant avec la brume. Le monde entier était blanc. Maxime avait l'impression de franchir une passerelle au milieu des nuages.

— Ah! les joies de l'aventure! maugréa Rossinante. Si j'avais su, je serais resté dans mon écurie, moi!

— Interdiction de jacasser tant que nous n'aurons pas quitté ce piège! lui rétorqua son maître.

Un fracas retentit, les faisant sursauter à l'unisson. À l'évidence, un objet lourd s'était écrasé devant eux. Bien qu'atténué par le brouillard, le son se prolongea, répercuté de loin en loin par les murailles invisibles.

— Plus un pas, plus une parole! ordonna don Quichotte. On nous a repérés!

Qui pouvait bien être ce «on»? Un ennemi, assurément. On ne balançait pas un projectile sur quelqu'un pour lui souhaiter la bienvenue.

Un second fracas, suivi d'une vibration du terrain, résonna à l'intérieur de la gorge.

Maxime, don Quichotte et Rossinante étaient pétrifiés. Ce n'était plus la prudence qui les figeait sur place, mais la peur.

Après un bref intervalle, il y eut une autre déflagration, et encore une autre, de plus en plus près. À droite des trois amis, une masse creva le brouillard et toucha le sol dans un bruit de tonnerre.

— Nos ennemis nous bombardent de rochers! hurla le vieillard. Sans doute sont-ils postés au sommet des falaises! Sortons d'ici avant qu'il ne soit trop tard!

Par malheur, il était *déjà* trop tard. Don Quichotte avait à peine esquissé un geste qu'un rocher lui tomba sur le dos. Le pauvre homme s'écroula face contre terre.

Chapitre III
«Dis à Merlin que je suis mort heureux...»

— Mon seigneur! s'égosilla Rossinante en se précipitant aux côtés de don Quichotte. Dites quelque chose! Prononcez un discours! Insultez-moi, je vous en prie!

Maxime se pencha à son tour sur le corps inanimé. Il n'osait pas le retourner, par crainte d'empirer son état.

À l'aide de l'Épée, il découpa la cuirasse de son compagnon. Cela fait, il écarta les deux sections afin d'examiner le dos du blessé. Peine perdue: la brume stagnante l'empêchait d'y voir distinctement.

Le bombardement se poursuivait. Les chutes de pierres et les explosions se succédaient à un rythme effréné. Le terrain frémissait. Des éclats de roc fusaient, telles les balles perdues d'un champ de bataille.

Maxime tâta le dos, les épaules, la nuque du chevalier. Il cherchait une plaie, mais n'en trouva aucune.

— Pouvez-vous m'entendre, monsieur

don Quichotte? Si oui, dites-le ou faites-moi un signe!

Le blessé répondit d'une voix si faible que l'enfant dut baisser la tête pour saisir ses paroles:

— Allez-vous-en... Ne vous occupez pas de moi...

— Cessez de dire des bêtises! Relevez-vous, je vais vous aider!

— Oui, relevez-vous! supplia Rossinante. Qu'on reconnaisse le héros que vous êtes!

Le vieillard exhala un soupir:

— Encore faudrait-il que j'aie l'usage de mes jambes... Je ne les sens plus... Échine brisée...

En une suite d'images fulgurantes, Maxime se vit privé du soutien que lui avait apporté don Quichotte jusqu'à présent. Il s'imagina tâchant de compléter seul la mission qu'on leur avait confiée.

Alors, une vérité se fit jour dans sa conscience: si le chevalier succombait, sa propre intrépidité disparaîtrait avec lui.

— Fais comme je te l'ordonne, chuchota le vieillard. Dis à Merlin que je suis mort heureux... Ce fut un honneur de partager cette aventure avec toi...

— Vous n'avez pas d'ordre à me donner! Et puis vous ne mourrez pas, espèce de tête de mule!

Se sentant plus impuissant que jamais, Maxime supplia l'Épée en silence, quémandant son aide, exigeant d'elle une solution sans doute inexistante. Sa prière ne donna aucun résultat. Il serra les dents et maudit l'arme qu'il avait crue miraculeuse.

Ce calme, soudain! Quand donc le bombardement s'était-il arrêté?

Plus un bruit, plus un mouvement. Seule la brume habitait les lieux.

Ce silence résonnait comme un signal d'alarme.

— Je vais vous installer sur Rossinante, dit le garçon à don Quichotte. Votre message, vous le livrerez vous-même à Merlin.

— Va-t'en! Je te bannirai de la confrérie des écuyers si tu ne pars pas tout de suite!

Rossinante poussa l'épaule de Maxime avec son museau. Le regard de l'animal exprimait une vive terreur:

— Quelqu'un approche! Je devrais dire: *quelques-uns*!

Maxime scruta l'épaisseur du brouillard. Dans la portion du défilé que le trio avait franchie, de hautes et massives silhouettes se dessinaient. On pouvait en compter une vingtaine. Elles avançaient rapidement, d'une démarche non humaine. Au fur et à mesure qu'elles approchaient, elles s'écartaient les unes des autres, dans le but manifeste d'encercler les trois amis.

— Je capte une odeur chevaline, précisa Rossinante. Mais une odeur d'homme aussi. Ces créatures ne sont pas des chevaux.

— Des cavaliers sur leurs montures?

— Non. Les deux odeurs ne font qu'une. Je ne comprends pas!

Lorsqu'un premier spécimen se détacha de la brume, l'embarras de Rossinante trouva son explication. Car cet être qui marchait vers eux tenait *à la fois* du cheval et de l'homme!

Toute la partie inférieure de son corps — sabots, pattes, queue, dos — correspondait à l'anatomie chevaline. À partir des épaules, toutefois, sa physionomie devenait humaine, incluant un torse, des bras, des mains, une tête d'homme.

Cette dernière était d'ailleurs ce qu'il y

avait de plus laid chez lui. Couronnée de cheveux graisseux, elle montrait un visage aux traits grossiers, délimité par des sourcils et une barbe en broussaille. Ce faciès de brute, sans trace d'intelligence, témoignait bien plus de sa nature animale que ne le faisaient sa queue ou ses sabots.

Maxime avait déjà vu de pareils monstres dans les livres et à la télévision. On les appelait des centaures. C'étaient des créatures sauvages et cruelles, dotées d'une force herculéenne, qui ne connaissaient aucune forme de pitié.

Une dizaine de centaures avaient émergé du brouillard. On les entendait grogner malgré la distance. Ils agitaient les bras, les uns faisant tournoyer une massue au-dessus de leur tête, les autres envoyant des signaux à leurs congénères.

Don Quichotte s'était tourné sur le côté pour mieux les voir.

— Il vous fallait partir avant leur arrivée, dit-il. Votre sort est scellé, à présent. Et, par le fait même, celui de Merlin.

Depuis que le vieil homme s'était effondré, Maxime veillait à ce qu'il reste en contact avec la chaleur de son arme. Il enrageait de ne pouvoir l'aider davantage.

Certes, l'arrivée des centaures le terrifiait. Mais la colère l'emportait sur la peur.

La paralysie de don Quichotte résultait d'une agression délibérée. Les coupables payeraient! Quoi qu'il advienne, Maxime vengerait son compagnon!

Levant son arme au ciel, il lança un cri de défi. Les monstres réagirent par des éclats de rire. Même la lumière irradiant de l'Épée ne les impressionnait pas.

Comme obéissant à un plan, ils prirent le galop tous ensemble et convergèrent sur le trio.

Un blizzard, une tornade, un raz-de-marée auraient été moins bruyants et moins terribles. Leurs grognements, leurs cris sauvages, le martèlement frénétique de leurs sabots ébranlaient l'atmosphère.

Ils rejoignirent les trois amis en un rien de temps. Emporté par son élan, l'un des centaures heurta Maxime de plein fouet.

Le garçon roula dans la neige, étourdi, le souffle coupé. En se relevant, il se rendit compte que l'Épée lui avait échappé des mains.

Où était-elle? Sûrement toute proche, mais la surface du sol était cachée par la brume.

La retrouver, vite! Il faisait si froid depuis qu'il l'avait perdue!

Un engourdissement ouaté s'emparait déjà de son corps. Sa conscience s'allégeait. L'oubli lui tendait les bras, les doigts soyeux de la mort le caressaient.

Un cri éclata, l'empêchant de sombrer. Et quel cri! Pure expression d'effroi et de douleur!

Maxime avait reconnu cette voix. Il se mit debout, chancela, trébucha, puis s'élança au pas de course sans savoir où aller. Car Rossinante ne criait plus et le brouillard effaçait tout.

Il courut comme un aveugle jusqu'à ce que... Là-bas, au milieu du défilé!

Ils étaient une demi-douzaine autour du cheval, galopant en cercle, s'esclaffant, hurlant, frappant leur victime à coups de massue. Rossinante avait plié les genoux et essayait désespérément de se redresser.

L'animal n'avait plus la force d'émettre des sons. Il résistait encore, mais par réflexe. Au fond de lui-même, il savait que c'était fini. Il souhaitait seulement que les coups s'arrêtent, que la souffrance cesse, que le dieu des chevaux l'accueille dans son écurie grande et chaude où il ferait bon se reposer pour l'éternité...

Glacé jusqu'aux os, Maxime reprit sa course. Un centaure apparut devant lui, semblant jaillir de nulle part.

Un rictus barrait la face du monstre. Ses gros bras poilus tenaient très haut une épée — l'Épée d'Héroïsme! Comment l'avait-il trouvée? Dans moins d'une seconde, l'arme s'abattrait sur lui et son crâne exploserait.

Maxime ferma les paupières.

Chapitre IV
Chiron

Rien.

Ni choc ni douleur.

Il ouvrit les yeux.

L'ennemi était toujours là, mais sur sa face, la stupeur avait remplacé la joie. L'arme qu'il brandissait était bloquée en pleine trajectoire, comme retenue par un fil invisible. Ses vains efforts pour la faire bouger le rendaient presque comique.

— Ça suffit, crétin! Tu ne vois pas qu'elle refuse de t'obéir?

Un autre centaure était apparu à ses côtés, furieux. Le premier recula, tête basse.

Contre toute attente, le nouveau venu avait un visage intelligent et des yeux vifs. Sa chevelure et sa barbe étaient propres, taillées avec soin.

— Ouvre tes oreilles d'âne et écoute-moi! reprit-il. Ce que tu tiens entre tes mains, c'est l'Épée d'Héroïsme! Rien qu'en la touchant, pauvre idiot, tu commets un sacrilège! Redonne-la gentiment à ce garçon et présente-lui tes excuses! Allez, plus vite que ça!

Maxime eut droit à une révérence. Le monstre compléta son geste en lui tendant l'Épée du bout des bras.

— Décampe avec tes semblables! lui ordonna l'autre. Et préparez-vous à la plus sévère des punitions!

Lorsque les agresseurs eurent disparu, Maxime se précipita vers Rossinante.

C'est un cadavre qu'il trouva. Pire que cela: une masse de viande déchiquetée, sanguinolente. Le cheval une fois tombé, ses attaquants lui avaient fracassé les os, puis ils avaient entrepris de le dévorer.

Le plus navrant, c'étaient les yeux de Rossinante: ouverts sur le vide, fixes, vitreux.

Le garçon s'accroupit et toucha le museau presque intact. Sa main glissa jusqu'au front de son ami, où elle s'arrêta quelque temps. Puis elle redescendit pour fermer les paupières de l'animal.

— Je ne te demanderai pas de leur pardonner, murmura le centaure. Tu étais très attaché à ce cheval, non?

— Il parlait. Rossinante parlait comme vous et moi.

— Je suis désolé. La brutalité de mes élèves est un tel fléau! Je m'évertue à leur enseigner un minimum de savoir-vivre, mais ils ne retiennent rien. Sitôt que j'ai le dos tourné, ils redeviennent des tueurs.

— Qui êtes-vous?

Le centaure haussa les épaules avec dépit:

— Je m'appelle Chiron. Ma fonction consiste à éduquer ces barbares.

— À quoi ça sert puisqu'ils ne vous écoutent pas?

— À quoi ça sert?... Toi, pourquoi caresses-tu ce cadavre? Pourquoi es-tu ici? Pourquoi vis-tu?

Il désigna vaguement un point derrière l'enfant:

— Tu as un autre ami, par là, qui est toujours en vie. Si on allait lui donner un coup de main?

Pestant contre lui-même parce qu'il avait négligé son vieux compagnon, Maxime suivit le centaure en courant.

Don Quichotte grelottait, recroquevillé, les bras serrés autour de son corps. Les larmes formaient des glaçons dans sa moustache et dans sa barbe.

Le garçon plaqua l'Épée contre son dos afin de le réchauffer.

— Quand le chevalier perd son cheval, chuchota le vieillard, il n'a plus rien... La perte est plus grande encore... quand le cheval était son ami...

Chiron confia à Maxime:

— Ton compagnon n'en a plus pour longtemps. Quel que soit ton but, tu devras le poursuivre seul désormais.

— Oh non! Je ne veux pas qu'il meure! Je ne veux pas!

Le centaure fléchit les genoux pour regarder le garçon bien en face:

— Il est en mon pouvoir de lui redonner l'usage de ses jambes. Malheureusement, la rémission sera temporaire et sa mort ne sera retardée que de quelques heures.

— Faites-le! Ne le laissez pas mourir! Je vous en supplie!

Chiron eut un sourire un peu sévère.

— Les humains sont d'étranges créatures! dit-il. Vous craignez la mort par-dessus tout, pourtant c'est là votre seule délivrance.

***

Après s'être absenté quelques instants, le centaure revint, une besace en bandoulière. Il en tira des racines, des potions et divers onguents.

Assez vite, les jambes de don Quichotte retrouvèrent force et sensibilité. Le vieillard parvint même à se tenir debout.

— Es-tu prêt, écuyer? demanda-t-il alors. Tu n'as certes pas oublié cette mission dont le succès nous couvrira de gloire!

— Mais... vous n'êtes pas en état de...

— Fadaises! Même à ton âge, lorsque

j'étais aussi robuste et mal dégrossi que toi, ma vitalité était moindre que maintenant!

Il s'adressa ensuite à Chiron:

— Noble centaure, je vous parle au nom de toute la chevalerie errante. Merci! Mille fois merci pour avoir ranimé son représentant le plus valeureux et néanmoins le plus modeste! Cela étant dit, je vous avise avec chagrin qu'il me faut tirer ma révérence. Une cause supérieure m'appelle. Auriez-vous l'obligeance de m'indiquer où se trouve la Tour de Verre?

Cette question fit sursauter le centaure:

— La Tour de Verre! C'est votre destination? Par les dieux de l'Olympe! Je finirai par croire que tous les humains sont fous!

Il montra en grognant la sortie du défilé:

— La Tour de Verre surplombe le sommet de cette montagne. Elle vous sautera aux yeux quand vous aurez quitté la gorge.

— Tu as entendu, écuyer? s'excita don Quichotte. Nous touchons au but!

— Vous feriez mieux de renoncer à votre projet! le pria Chiron. Depuis que je vis par ici, il est venu beaucoup d'insensés qui voulaient délivrer Merlin. Grâce à mes indications, chacun d'eux s'est dirigé vers la Tour de Verre, convaincu de réussir là où les autres avaient échoué. Mais aucun n'est jamais revenu! Vous entendez? Aucun! Si vous persistez à vous rendre là-bas, le même sort vous attend!

Don Quichotte leva la main en signe de désaccord:

— Je vous sais gré de vous soucier de nos insignifiantes personnes, mais c'est décidé: nous ne reculerons pas! La couardise est un sentiment étranger à notre nature.

Le centaure toisa son vis-à-vis durant un long moment, mâchoires serrées. Finalement, il fouilla dans sa besace puis leur tendit une gourde, des fruits secs et des noix.

— Même les fous ont besoin de boire et de manger, grogna-t-il. Emportez donc ceci.

Ensuite Chiron alla chercher des fourrures que l'homme et l'enfant s'empressèrent de revêtir.

Tous trois joignirent leurs efforts pour donner une sépulture à Rossinante. Après avoir dit adieu à leur ami, Maxime et don Quichotte reprirent la route.

***

Une tempête se leva. Lourde et granuleuse, la neige se précipitait sur les deux marcheurs, fouettant leur visage, piquant leurs yeux, ralentissant leur allure comme à dessein.

Maxime ouvrait le chemin et don Quichotte suivait, ployant sous les rafales. Valait-il mieux s'arrêter et attendre une accalmie? L'enfant décida que non. Sans un endroit où s'abriter, cela aurait équivalu à un suicide.

Prenant conscience des tremblements de sa main droite, il craignit d'avoir la fièvre. Puis il comprit que les secousses ne venaient pas de lui, mais de son arme.

L'Épée d'Héroïsme *vibrait*!

Pareille à l'aiguille aimantée d'une boussole, elle se tendit pour indiquer un point situé sur la gauche. En même temps, le bras de Maxime subissait une légère traction, comme si l'arme voulait le forcer à prendre cette route.

Le garçon n'hésita pas: ils changèrent de direction.

Ce combat de chaque instant contre le blizzard dura encore une demi-heure.

Enfin, la neige et le vent diminuèrent. Seul demeura le voile épais du brouillard.

Quelques centaines de mètres plus loin, une ouverture apparut à travers la brume. La sortie du défilé!

Les deux compagnons quittèrent ainsi la gorge et débouchèrent sur un sentier qui allait en montant. Ils prirent du repos avant d'entreprendre l'ascension.

En arrivant au sommet de la montagne, beaucoup plus tard, ils se laissèrent tomber dans la neige. Malgré l'altitude, l'écran de brume les entourait toujours.

Après une courte pause, don Quichotte demanda:

— As-tu refait tes forces, écuyer? Il me tarde de présenter mes hommages à Merlin!

Maxime réprima un sourire. La mort du chevalier approchait à toute vitesse et pourtant il restait fidèle à lui-même: brave, glorieux, magnifique de courage et de naïveté!

— Vous me manquerez, lui dit le garçon. C'est épouvantable comme vous me manquerez!

Les nappes brumeuses commençaient à s'effilocher. Quelque chose accrocha le

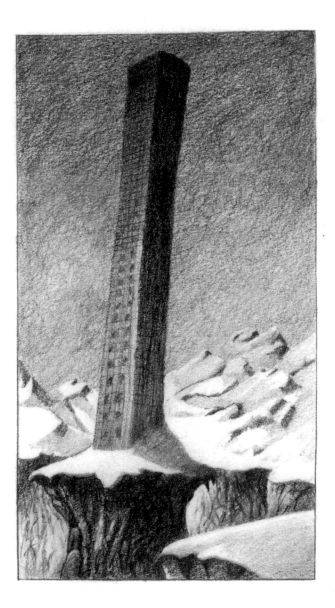

regard de Maxime. La tête renversée en arrière, il ne s'intéressa plus qu'à cet objet colossal qui remplissait la majeure partie du ciel.

Un bâtiment. Sa hauteur était impossible à déterminer en raison du brouillard qui effaçait son sommet. Néanmoins, Maxime l'évalua à un demi-kilomètre. Sa largeur était en proportion: vers la gauche comme vers la droite, la façade s'étirait sans aucune limite visible.

— La Tour de Verre! murmura l'enfant pour lui-même.

Chapitre V
Les tentacules de glace

L'émotion l'empêchait de faire un geste. L'aspect familier de l'édifice, toutefois, contredisait totalement ce qu'il s'était plu à imaginer.

Car la légendaire prison de Merlin ne ressemblait en rien à un château du Moyen Âge ou à une forteresse antique. Ce qu'il avait devant les yeux ne comprenait ni donjon, ni créneaux, ni portail, ni pont-levis. La construction était une tour de verre *au sens strict*. En d'autres termes, l'Enchanteur avait été emprisonné... dans un vulgaire gratte-ciel!

Non seulement la fameuse tour était d'une banalité affligeante, mais elle portait les outrages du temps. Ses milliers de vitres étaient dépolies. La crasse maculait ses murs. La rouille et le vert-de-gris grugeaient sa façade à d'innombrables endroits.

— Rapprochons-nous! fit don Quichotte.

Par-delà une butte, l'homme et l'enfant

découvrirent un terrain plat, couvert de neige, qui s'étendait à perte de vue. Et là, à quelques centaines de mètres, se dressait la Tour de Verre.

Ils marchèrent jusqu'à ce qu'une fosse, large comme une autoroute, s'ouvre devant eux. En y plongeant le regard, on ne voyait rien qu'une masse de ténèbres.

Maxime commença à longer le gouffre vers la gauche, d'abord lentement, puis de plus en plus vite.

— Holà! lui cria son compagnon. Ralentis, s'il te plaît!

En se retournant, le garçon reçut un coup au coeur. Don Quichotte boitait de la jambe droite. Son regard était fiévreux, ses yeux cernés de noir. Il paraissait avoir vieilli de dix ans en quelques minutes.

— Ça va? s'inquiéta Maxime. Que diriez-vous d'un peu de repos?

— Du repos! Tu veux rire! Je te demande seulement d'avoir un peu de respect pour mes pauvres jambes.

L'enfant attendit que le vieillard ait retrouvé son souffle. Il s'appliqua ensuite à marcher d'un pas mesuré, en surveillant son ami du coin de l'oeil.

Il leur fallut une heure pour dénicher une

passerelle. À distance, celle-ci semblait en verre, comme la tour. De près, il s'avéra qu'elle était faite de glace.

Cette passerelle se réduisait à sa plus simple expression: une plate-forme étroite, sans piliers pour la soutenir, sans garde-fou pour empêcher les audacieux de tomber dans le vide.

— Le destin nous appelle, murmura don Quichotte en tapotant l'épaule de Maxime.

Le garçon hésita. Traverser ce pont glacé s'annonçait périlleux. Un faux pas et ce serait la chute au fond du gouffre.

Il prit une grande respiration et leva l'Épée à la hauteur de son visage. Il posa la lame à plat sur son front, sans trop savoir ce qui lui inspirait ce geste. Il demeura ainsi une minute ou deux, ne pensant à rien, concentré sur le contact de l'arme contre sa peau.

— Allons-y! dit-il enfin.

Il mit le pied sur le tablier du pont, lentement, prudemment. Certes, la surface était glissante, mais pas davantage qu'une plaque de glace sur un trottoir. Il avança son autre pied et se campa bien droit sur la passerelle.

Quelle était la largeur de ce ravin, au

juste? Trente, cinquante, cent mètres? Compte tenu de l'étroitesse du pont et de l'absence de garde-fou, comment franchir cet espace sans glisser dans le vide?

— À plat ventre, proposa-t-il. Mettons-nous à plat ventre et rampons jusqu'à l'autre bout.

La méthode se révéla adéquate. En peu de temps, les deux compagnons avaient traversé le quart de la passerelle.

Maxime regardait souvent en arrière afin de vérifier la progression de don Quichotte. Par bonheur, malgré sa faiblesse et sa technique déficiente, le vieil homme se débrouillait plutôt bien. Le garçon continuait pourtant à solliciter en silence la protection de l'Épée qu'il serrait dans son poing.

Rendu au milieu du pont, il entendit don Quichotte s'exclamer:

— Laisse-moi ou il pourrait t'en cuire!

Maxime jeta un regard par-dessus son épaule et eut droit à une scène déroutante. Il crut d'abord que son ami s'était arrêté pour prendre un peu de repos. Mais en l'observant avec attention, il s'aperçut que le vieillard se tortillait, comme s'il voulait se libérer d'une entrave quelconque.

Maxime fit demi-tour avec précaution et

constata qu'une couche de glace entourait le pied droit du pauvre homme.

— Cette passerelle est vicieuse, malicieuse, fallacieuse! s'emporta celui-ci. Elle me tient et ne veut plus me lâcher!

Ce qui emprisonnait sa cheville avait l'apparence d'un boyau de glace. Contre toute vraisemblance, cette chose provenait de la passerelle, tel un appendice qui aurait surgi de la plate-forme.

— Cela monte le long de ma jambe! s'affola don Quichotte.

Loin de rester inerte, en effet, l'espèce de tentacule se mouvait, progressait sans cesse afin de mieux retenir sa proie. La chose avait atteint le genou du chevalier quand l'Épée d'Héroïsme tira Maxime de son hébétude.

L'arme avait bondi vers le ciel, lui échappant presque des mains. Le garçon raffermit sa prise sur la poignée. L'Épée s'immobilisa une brève seconde, puis retomba avec force directement sur le boyau, qui explosa en mille fragments.

Le vieillard et l'enfant reprirent aussitôt leur reptation. Ils avaient à peine avancé de quelques mètres quand Maxime sentit qu'on l'attrapait par les pieds. Un regard en arrière l'informa qu'un appendice de glace le retenait à son tour et continuait même à s'enrouler autour de ses jambes.

Il abattit son arme sur le tentacule, en veillant à ne pas se blesser. Une fois libre, il se redressa à demi et cria à don Quichotte:

— Nous n'y arriverons pas en rampant! Essayons à quatre pattes!

Cette nouvelle méthode leur fit gagner du terrain. Le chevalier perdit l'équilibre à quelques reprises, glissa et passa bien près de tomber dans le vide. Chaque fois, il réussit cependant à éviter la chute.

Lorsqu'ils eurent dépassé les deux tiers de la passerelle, Maxime entendit le vieillard appeler au secours. Il s'ensuivit une répétition de leur précédente mésaventure. Le garçon revint sur ses pas, délivra son ami, puis repartit en avant. Aussitôt, un appendice le saisit aux jambes. Il s'en libéra et se remit à avancer.

Mais les attaques, ensuite, se multiplièrent. Un boyau de glace jaillissait à chaque mètre franchi, s'emparant tantôt de don Quichotte, tantôt de Maxime, parfois des deux. L'acharnement des tentacules était tel que l'enfant croyait revivre son combat contre l'hydre.

Son compagnon fut enserré jusqu'au cou en deux occasions. Parfois la glace l'emprisonnait lui-même jusqu'à mi-poitrine. La fatigue ralentissait ses réflexes et diminuait sa vigueur. Plusieurs fois, la tentation lui vint de capituler tant son découragement était grand.

Encore deux mètres et ils auraient traversé!

Un appendice de glace finissait d'entourer don Quichotte, qui avait peine à garder la bouche ouverte. Maxime se précipita.

— Nos efforts sont inutiles, dit son ami d'une voix étouffée. Chiron le centaure nous avait prévenus!

— Abandonner? Jamais! Le Chevalier à la Triste Figure m'a appris qu'il ne fallait *jamais* abandonner!

L'Épée s'abattit. Un coup! Un deuxième coup! Puis un autre! Et encore un autre!

Don Quichotte se releva, affaibli, vacillant. Maxime lui saisit la main et l'obligea à se mouvoir jusqu'au bout de la passerelle.

Dès que le gouffre fut franchi, ils s'écroulèrent sur le sol, épuisés.

Le plus jeune reprit en premier ses esprits.

La Tour de Verre occupait tout l'espace devant eux. Elle était si proche! Ne restait plus qu'un exploit à accomplir maintenant: y entrer.

Mais comment entrait-on dans une prison ensorcelée, où un magicien de légende croupissait depuis des siècles?

Par l'entrée?

Pourquoi pas? Car cette prison, cette tour, cet édifice usé par le temps disposait d'une entrée comme le plus ordinaire des gratte-ciel. Juste en face de Maxime, un perron menait à un porche au fond duquel s'alignaient cinq portes vitrées.

Quand don Quichotte en fut capable, ils marchèrent jusqu'au perron et gravirent les marches.

Chaque porte se composait d'un panneau de verre terni et poussiéreux. Toutes étaient fermées, voire verrouillées.

Un dessin couvrait le panneau du centre, reconnaissable au premier coup d'oeil. Un cercle noir, très grand, avec une étoile à l'intérieur. Au coeur de celle-ci, une croix gammée.

D'une poche de sa culotte, Maxime sortit le tube qui avait poussé comme une plante après sa victoire contre l'hydre. À

l'extrémité de l'objet, on distinguait le même signe.

Don Quichotte l'interrogea du regard.

— Je pense que c'est une clé, dit l'enfant. *La clé!*

La serrure de la porte centrale comportait un trou rond. Il y enfonça le tube. Quand il le tourna, un déclic retentit.

Il tira la poignée. Le battant s'ouvrit sans résistance. Son ami sur les talons, il pénétra dans un vestibule vide et sale. Une nouvelle série de cinq portes, identiques aux précédentes, se dressait devant eux.

Il répéta l'opération avec le même succès.

— Je crois que ça y est! dit-il, la main sur la poignée. Nous entrons dans la Tour de Verre!

Au moment où il s'apprêtait à ouvrir, don Quichotte l'arrêta.

— J'ignore ce qui t'attend au-delà de cette porte, déclara le vieillard. En ce qui me concerne, j'y trouverai la mort et tu le sais. Avant d'aller plus loin, je veux te dire... Je *tiens* à te dire...

Bien qu'impatient, Maxime n'aurait interrompu ces confidences sous aucun prétexte. Le chevalier reprit:

— Je tiens à te dire que si j'avais eu un fils... euh... Vu ton jeune âge, je devrais plutôt dire: un petit-fils...

Baissant les yeux pour cacher son émoi, il coupa court à son effusion:

— Euh... Je me demande quel souvenir tu garderas de moi...

— Un souvenir magnifique! répondit l'enfant avec conviction. Un des plus extraordinaires de toute ma vie!

Les lèvres de don Quichotte tremblo-
tèrent un instant. Puis il releva la tête, se
racla la gorge et lança:

— Qu'attends-tu donc, petit écuyer fai-
néant, pour ouvrir cette satanée porte?

Chapitre VI
Dans la Tour de Verre

Le battant grinça quand Maxime le tira doucement. Aussitôt, un souffle lourd et humide lui sauta au visage. La puanteur de cet air confiné lui donna l'impression d'avoir soulevé le couvercle d'un tombeau.

— L'odeur de la mort, dit le vieillard. Comment Merlin aurait-il pu survivre ici durant des siècles?

Par-delà la porte, tout était noir. Lentement, Maxime plongea l'Épée dans ce bloc de ténèbres. L'arme scintilla, flamboya, projeta sa lumière aussi loin que portait le regard.

Une salle gigantesque fut ainsi révélée, profonde et haute comme la nef d'une cathédrale. Elle était vide cependant, totalement nue, sans mobilier ni décoration, sans le moindre déchet sur son vaste plancher. Pas même une toile d'araignée qui pendît d'une quelconque surface. Rien ne suggérait que l'endroit avait été habité ou fréquenté.

— C'est sinistre, commenta don Quichotte.

Un détail tranchait avec cette lugubre monotonie. Au bas du mur de gauche, trois ouvertures avaient été aménagées, chacune d'elles obturée par un panneau métallique.

Maxime s'avança dans cette direction, son arme brandie comme un flambeau.

Un tableau de commande, comprenant deux boutons, flanquait la troisième porte.

Où fallait-il chercher Merlin? se demanda le garçon. En haut ou en bas de l'édifice?

À nouveau, l'Épée lui indiqua la voie à suivre. Sa pointe s'inclina d'elle-même et toucha le bouton du haut, sans toutefois l'enfoncer.

Maxime appuya dessus. D'abord, le silence seul répondit à son geste. Après un long moment, un grincement fatigué se fit entendre, ponctué de coups réguliers et sourds.

Les panneaux s'ouvrirent enfin, à tour de rôle, dans des lamentations de tôle déchirée. L'intérieur des cabines devint visible. Les trois étaient identiques, vides et crasseuses.

Maxime pénétra dans celle du milieu, imité par un don Quichotte hésitant. En voyant le panneau se refermer, le vieillard s'exclama:

— Quel est ce piège? Nous sommes séquestrés! Pourquoi ne réagis-tu pas?

— Ceci est un ascenseur. C'est une sorte de machine qui nous transportera où nous voulons.

L'enfant étudia le tableau de commande intérieur. Une centaine de boutons s'offraient, disposés en colonnes. Étonnamment, ceux-ci ne portaient pas des numéros, mais des symboles: une tête de mort, un croissant de lune, un soleil, un pentagone...

Le premier arborait le dessin que Maxime avait vu dans son cauchemar. D'après sa position sur le tableau, il donnait accès à l'étage le plus élevé de la tour.

L'enfant pressa le bouton en retenant son souffle. Après un long délai, un tremblement secoua la cabine, qui se mit à monter avec une lenteur désespérante. Des couinements et divers bruits métalliques accompagnaient le mouvement.

Un quart d'heure fut nécessaire pour arriver au sommet de l'édifice. La porte s'ouvrit et Maxime tendit son arme hors de la cabine. La lumière de l'Épée éclaira un corridor qui se déployait à l'infini, à gauche comme à droite. Lui aussi était désert et silencieux.

— Je commence à croire, dit don Quichotte, que cette prison est bien mal gardée!

Les manifestations de l'Épée n'étonnaient plus Maxime. Dès sa sortie de l'ascenseur, elle le guida en lui désignant la direction de droite.

Le passage était si large et si haut qu'un éléphant aurait pu s'y déplacer à son aise. Après un certain temps, l'enfant s'aperçut que son ami ne marchait plus à ses côtés. Se retournant, il le vit à bonne distance, immobile, voûté, une main appuyée contre le mur.

— Ça ne va pas, monsieur don Quichotte? demanda-t-il en accourant vers lui.

— Mes forces m'abandonnent, répondit le chevalier d'une voix rauque. Mes jambes rechignent à me soutenir.

— Si on se reposait un peu?

— Ta proposition me sourit, soupira le vieillard en se laissant glisser sur le sol.

Il s'adossa au mur et ferma les yeux.

Maxime le réveilla au bout d'un moment.

Ils cheminèrent très lentement cette fois. À peine cinquante mètres plus loin, don Quichotte demanda une nouvelle pause pendant laquelle il s'endormit.

Cet enchaînement se répéta plusieurs fois. À chaque arrêt, la distance parcourue était moindre et le sommeil du chevalier se prolongeait.

Ils progressaient néanmoins. À la lumière de l'Épée, Maxime distinguait le fond du passage ainsi que l'angle d'un second corridor.

Quand il reporta son attention sur son compagnon, celui-ci dormait encore.

Tristesse et impuissance l'accablèrent comme jamais auparavant. Il aurait tant voulu sauver le vieil homme, apaiser ses souffrances, lui éviter la mort! En même temps, une farouche impatience courait dans ses nerfs. Il en avait assez de cette histoire, de cette mission, de cette quête!

Abandonnant don Quichotte à son sommeil, il se rua jusqu'à l'extrémité du couloir. Là, il s'arrêta brusquement, surpris, épouvanté.

Ce qu'il avait pris pour un autre corridor était en réalité l'entrée d'une salle.
Un homme se trouvait au milieu de celle-
ci, couché sur un piédestal, enfermé sous
une grande cloche de verre. Entre lui et le
garçon, un être monstrueux se dressait,
interdisant l'accès à la vaste pièce.

C'était le gardien colossal que Maxime
avait affronté dans son cauchemar!

.

Chapitre VII
Le dernier combat

Maxime retrouva la maîtrise de lui-même seulement lorsque le monstre se mit à bouger.

Son instinct lui conseilla de rebrousser chemin et de prendre ses jambes à son cou. Mais il comprit aussitôt l'absurdité de cette option. Avait-il parcouru de si longues distances, affronté de si grands dangers, franchi autant d'obstacles pour concéder la victoire au dernier instant?

Rassemblant son courage, il demeura sur place, les mains crispées sur la poignée de son arme.

Le geôlier ne ressemblait pas à une créature vivante. Son aspect métallique l'apparentait plutôt à une statue en or. Cependant, il marchait. Ses jambes et ses bras remuaient avec aisance. Sa tête pivotait en suivant les gestes de l'enfant. S'agissait-il d'un robot? Pourtant, il n'émettait aucun son caractéristique d'une machine.

S'étant rapproché, il s'immobilisa à quelques pas de Maxime. Sa peau, lisse et dorée, miroitait sous la lumière de l'Épée.

Il mesurait au moins trois mètres et possédait une puissante carrure. Ses mains énormes avaient sans doute assez de force pour broyer un arbre. À cela s'ajoutaient deux cornes pointues et recourbées, identiques à celles d'un taureau. D'ailleurs, sa tête rappelait celle d'un bovin, avec son mufle en saillie dont les naseaux frémissaient à chaque mouvement du garçon.

En plein milieu du front, un oeil s'ouvrait, unique, écarquillé, aussi obscur que le néant.

Maxime se secoua. Dans son cauchemar, le colosse de métal s'était avéré infatigable, voire invincible. Mais un rêve correspondait-il à la réalité? Son esprit lui répondit que non.

Ouvrant les hostilités, il fit un pas en avant.

Aucune réaction de la part du gardien.

Maxime se risqua encore à bouger. Le monstre à tête de taureau resta sur place. Cependant, ses bras s'écartèrent de son corps tandis que ses mains s'entrouvraient comme des gueules.

Une peur glacée saisit le garçon. Mais que faisait-il donc là, lui si dérisoire, lui si effrayé, face à ce géant invulnérable? Il devait déguerpir, emmener don Quichotte et quitter cet édifice où il n'aurait jamais dû pénétrer!

Et ensuite? demanda une voix dans sa tête. *Que feras-tu ensuite, Maxime, quand la Tour de Verre aura disparu derrière toi? Seras-tu satisfait?*

Merlin!

Merlin lui avait adressé la parole! Dans ce corps inerte qui reposait sur le piédestal, un esprit veillait, conscient de ce qui se passait dans cet édifice et peut-être même dans chaque recoin de la Forêt aux Mille et Un Périls!

Le message télépathique, pourtant très bref, insuffla au garçon la témérité qui lui manquait. Il posa son arme à plat sur son front, comme il l'avait fait avant de s'engager sur la passerelle.

Alors, tout changea. L'enfant désorienté, rempli d'épouvante, disparut. L'énergie surnaturelle de l'Épée circulait dans ses veines. Il redevenait le héros vainqueur de l'hydre.

Brandissant son arme d'une main, il rugit:

— Saleté de machine sans cervelle! Tu veux te mesurer à moi? Viens! Le vaillant écuyer de don Quichotte ne demande que ça!

Le colosse parut hésiter. Puis, soudain, il tendit les bras en avant et se rua sur Maxime.

Celui-ci attendit la dernière fraction de seconde pour s'esquiver. Le monstre passa tout droit. Maxime le frappa dans le bas du dos, de toutes ses forces. Un fracas — celui du métal contre le métal — retentit dans le corridor, mais la peau du gardien ne subit pas même une éraflure.

Le garçon recula en grimaçant: il éprouvait la pénible impression d'avoir cogné sur une enclume.

Sans le laisser récupérer, l'ennemi fonça sur lui la tête la première, pareil au taureau dont il avait la physionomie. Maxime se jeta au sol, échappant ainsi aux cornes pointées sur son ventre. Il roula, se redressa et revint face au monstre.

Le geôlier, immobile, attendait la prochaine attaque.

— Allez, viens, le jouet mécanique! Qu'est-ce qui t'arrive? Tes piles sont à plat?

Le colosse était insensible aux insultes, mais Maxime s'en fichait. Il se battait sans réfléchir, n'écoutant que son instinct.

Afin de l'obliger à réagir, il tourna autour du géant, d'abord à pas comptés, puis de plus en plus vite. Au début, l'adversaire se contenta de le suivre du regard. Ensuite, pour ne pas perdre de vue le garçon, il fut forcé de se déplacer.

Profitant d'une ouverture, Maxime lui assena un coup derrière la nuque. Le monstre répondit par un brusque mouvement du bras qui projeta l'enfant jusqu'au piédestal.

Effondré au bas du socle, groggy, il ne voyait plus rien malgré ses yeux grands ouverts. Une lumière blanche, aussi éblouissante que le soleil, incendiait la salle. Un son aigu lui perçait les tympans. Pardessus tout, il y avait cette douleur à la mâchoire, un élancement si vif qu'il n'osait plus bouger.

Le premier choc passé, il se rendit compte que l'Épée se trouvait toujours dans sa main droite. La lumière aveuglante s'était dissipée.

Le monstre courait de nouveau vers lui,

épaules voûtées, cornes braquées sur sa poitrine. Maxime plongea vers la gauche. L'adversaire, emporté par son élan, entra en collision avec le piédestal.

Une soudaine bouffée d'angoisse poussa le garçon à s'enfuir. S'il regagnait le corridor, le gardien le laisserait peut-être tranquille. Il n'aurait plus qu'à réveiller don Quichotte et ensuite... ensuite...

Que feras-tu ensuite, Maxime? Dis-le-moi...

Était-ce Merlin ou sa propre conscience qui avait parlé?

Revenu dans le couloir, il franchit encore quelques mètres avant de s'arrêter, à bout de souffle. Sa douleur à la mâchoire persistait.

Jamais il ne viendrait à bout de cet ennemi-là. La preuve était faite. Aucun coup ne pouvait entamer sa peau de métal.

Le gardien apparut au fond du passage. Maxime jeta un coup d'oeil derrière lui: affalé sur le sol, don Quichotte dormait toujours.

Sans détacher les yeux du geôlier, il recula lentement vers son ami. Son dernier souhait était de protéger le vieil homme.

Le monstre se remit en marche.

Maxime s'arrêta à côté de don Quichotte qui se réveillait doucement.

Le gardien continua d'avancer, son oeil noir fixé sur le garçon.

— Un cyclope, dit le vieillard d'une voix éteinte. Cette créature est un cyclope... Pour le tuer... il faut crever son oeil...

En un ultime sursaut de volonté, le garçon fit un pas vers le colosse en criant:

— Allez, viens m'écrabouiller si tu l'oses!

Son adversaire s'élança, cornes en avant. Quand il arriva sur Maxime, l'Épée se planta presque d'elle-même dans son oeil exorbité, jusqu'à mi-longueur de la lame. Le géant se figea, comme un appareil que l'on aurait débranché.

La lame de l'Épée devint incandescente et la peau du monstre prit la teinte du métal en fusion. Son corps entier s'enflamma. Au cours des secondes suivantes, Maxime le vit ramollir, se liquéfier et enfin se répandre en une grande flaque dorée sur le plancher du corridor.

La chaleur avait forcé le garçon à s'éloigner quelque peu. Il se rapprocha du liquide brûlant et récupéra l'Épée qui gisait sur le sol. Le feu ne l'avait aucunement endommagée.

Soutenant don Quichotte par la taille, il regagna l'entrée de la salle.

Une puissante lumière, de source inconnue, baignait toute la pièce. Le piédestal était toujours là, par contre la cloche de verre avait disparu.

Le plus étonnant était cet homme qui venait vers eux, souriant, rayonnant de gratitude. Pour unique vêtement, il portait une tunique blanche. Ses cheveux, ses sourcils et sa barbe avaient la couleur de la neige fraîchement tombée.

Malgré ces marques de vieillesse, Merlin l'Enchanteur avait l'air d'un gamin qui découvre les beautés du monde.

Épilogue

Les remerciements de Merlin furent intarissables.

Les événements qui suivirent avaient la légèreté et l'irréalité d'un songe. Par magie, l'Enchanteur se transporta avec Maxime et don Quichotte dans une immense clairière. Les arbres, à cet endroit, ne dissimulaient plus le ciel, et le soleil s'offrait en abondance à tout ce qui vivait.

Des personnages étaient réunis par centaines autour d'une table gigantesque.

Ils portaient tous un costume différent. Quelques-uns étaient tête nue. Mais la plupart avaient des couvre-chefs dont la gamme s'étendait de la couronne au casque de guerre, du haut-de-forme au chapeau emplumé. Certains cachaient leur visage derrière un masque.

Leur aisance, leurs gestes de camaraderie montraient qu'ils s'entendaient à merveille. Pourtant, les cris de bienvenue qu'ils adressèrent à Merlin étaient formulés dans une infinité de langues.

Au-delà de leurs différences, un point commun les réunissait: ils respiraient tous la droiture, la générosité, la bravoure. Quels que soient leur époque et leur pays d'origine, il était évident que ces personnages sortaient de l'ordinaire, qu'ils avaient vécu le doute et la souffrance, affronté de nombreux dangers, surmonté leurs peurs les plus profondes.

Don Quichotte en identifia quelques-uns avec enthousiasme: Perceval, Thésée, Gilgamesh, Achille, Ulysse, Rodrigue.

L'étonnement de Maxime fut total lorsque Tarzan s'approcha de lui pour l'accueillir. Il reçut ensuite les félicitations d'Indiana Jones et de Batman. Il rencontra Zorro, Bob Morane, Michel Lenoir, Luke Skywalker. L'un après l'autre défilèrent devant lui ces héros qu'il avait crus imaginaires et qu'il avait cependant toujours admirés comme des êtres réels.

Parmi eux, il y en avait aussi que ni don Quichotte ni Maxime ne connaissaient. Le vieillard venait d'un monde trop ancien et l'enfant était trop jeune pour avoir entendu parler du capitaine Nemo, du comte Rodolphe, d'Arsène Lupin, de

Doc Savage, de Mandrake le magicien ou de Flash Gordon.

Les présentations terminées, cette foule de héros revint à la grande table. Un siège demeura vide. Merlin prit don Quichotte par le bras et l'invita à s'asseoir avec les autres.

Le vieux chevalier hésita. Debout près du siège qu'on lui avait assigné, tremblant de fièvre et d'émotion, il observait l'assemblée à travers ses larmes.

Lorsqu'il s'assit enfin, un tonnerre d'acclamations le salua, submergeant la clairière et s'élevant jusqu'au soleil.

— Cette table est ronde, déclara Merlin, parce que chacun s'y trouve sur un pied d'égalité avec tous ses compagnons.

Maxime répondit par un signe de la main au clin d'oeil affectueux que lui adressa don Quichotte. Mais il se tourna aussitôt afin de cacher ses pleurs. Comment aurait-il pu ignorer qu'il voyait son vieux complice pour la toute dernière fois?

***

Une main sur son épaule le tira de sa rêverie. Il était assis dans les feuilles, assez loin des festivités.

— Cela me chagrine, lui dit Merlin, mais je viens te reprendre l'Épée d'Héroïsme. Elle a joué son rôle. Tu dois savoir qu'elle n'appartient à personne, à aucun lieu, ni à aucune époque.

— Je comprends, acquiesça Maxime en lui remettant l'arme.

L'Enchanteur ramena le garçon auprès de don Quichotte.

— Je m'en retourne chez moi, annonça Maxime au chevalier.

— Oh!... Oh, bien sûr!... euh... J'avais complètement oublié que tu...

Don Quichotte regarda intensément son jeune ami et lui dit:

— Tu me manqueras. C'est épouvantable comme tu me manqueras!

Maxime lui sourit.

— Adieu, monsieur le Chevalier à la Triste Figure.

— Adieu, fidèle écuyer. Je te souhaite une vie pleine, longue et belle.

Le silence s'était fait dans l'assemblée. Les héros applaudirent debout le garçon, à la fois pour témoigner de ses exploits et pour saluer son départ.

Entraînant Merlin un peu à l'écart, l'enfant lui posa la question qui lui brûlait les lèvres depuis un moment:

— Don Quichotte va-t-il mourir?

Les yeux de l'Enchanteur pétillèrent lorsqu'il répondit:

— Les héros ne meurent jamais.

Puis il ajouta:

— Je sais que nous nous reverrons, Maxime. Es-tu prêt à partir maintenant?

Le garçon fit oui de la tête. Sur un geste de Merlin, le décor se transforma complètement. Soudain, il n'y avait plus personne à ses côtés, plus de héros réunis par centaines, plus de table ronde, plus de clairière.

Maxime se trouvait en bordure d'une route déserte, non loin de la forêt où un cerf blanc lui était apparu. Le soleil de plomb qui embrasait le ciel pesait sur ses épaules.

Cette aventure extraordinaire, d'une durée de quelques jours à peine, lui avait semblé une éternité.

Son casque était posé sur l'accotement, tout près de sa bicyclette. Il se demanda comment Merlin les avait retrouvés. Puis il se moqua de lui-même. Pendant sa traversée de la Forêt aux Mille et Un Périls, il avait assisté à tant de prodiges!

Soudain, Maxime étouffa presque de joie à l'idée de revoir Hugo, Prune et Jo. Ses parents étaient sûrement fous d'inquiétude depuis sa disparition. Quant à sa meilleure amie, elle avait sans aucun doute oublié leur petite dispute idiote.

Impatient de les rejoindre, il coiffa vite son casque, enfourcha sa bicyclette et s'élança sur la route.

***

Juste avant que la clairière ne s'efface autour de lui, le garçon avait demandé à Merlin:

— Pourquoi dites-vous que les héros ne meurent jamais?

— Parce qu'ils sont notre idéal. Ils nous inspirent. Ils nous montrent la voie. Ainsi, c'est en suivant l'exemple de don Quichotte que tu as pu réaliser ta quête. Nous avons besoin d'eux, Maxime. Voilà pourquoi les héros ne peuvent tout simplement pas mourir.

Table des matières

Achevé d'imprimer en janvier 2006
sur les presses de l'imprimerie Gauvin,
Gatineau, Québec